海石花

刘 剑 著

作家出版社

最清醒的意志、最虔诚的灵魂

杨四平

对生活在江南、远离大海的我来说，拿到刘剑兄的这本《海石花》诗稿时，我特意"科普"了一下，"海石花"是动物脊突苔虫和瘤苔虫的干燥骨骼，呈珊瑚状分布在我国南方沿海，是一种可以治疗咳嗽等病的药材。刘剑兄是极具思考力和责任感的诗人，他的这本《海石花》正像一服治愈孤独与虚无的良药，明朗隽永，净化心灵。刘剑兄的诗，少有世俗的污秽之气，他将日常性与诗性巧妙融合，又略带些许忧伤，这忧伤来自对现实的质询及深刻的自剖，更是现代性特质下催生出的独特的人文关怀。充满生命体验与人性关怀的诗作无疑具有强大的内驱力，刘剑做到了。自古文人清高，"头衔"与诗歌似乎不搭，但"天使妈妈基金会名誉理事"这一称呼却让人为之动容。当看到刘剑兄等人在对青海省玉树藏族自治州囊谦县贫困家庭援助的途中经历生死一线的翻车事故后，仍忍受剧烈的高原反应，完成助医助学活动时，我明白刘剑的寻诗之路是坚定的，诗歌是诗人精神世界的折光，"人正则笔正"，他对生与死

的思考，对孤独与虚妄的追问，以及其追求的精神向度
是纯粹的，更是有力量的。

　　刘剑中年之境卷土重来的诗歌，从叙事、抒情到结
构、立意都彰显出一个成熟诗人的本色，单纯而清澈的
语言，错综复杂的文体，哲思并存的底蕴，见性见情，
一发不可收。诗人的心灵与自然相互碰撞时产生的直接
灵感是诗意产生的源泉，而意象作为诗歌的生命符码是
诗人情感个体化的桥梁。唐湜曾指出："意象正就是最
清醒的意志（Mind）与最虔诚的灵魂（Heart）互为
表里的凝合。"刘剑的诗歌不乏对"大海"、"山"、
"鸟"等意象的偏爱，更有对"灵魂脱离了意志的压力
而在象征中显示出来"的梦境的追逐，以求达到直接申
诉与间接传达高度凝合，物我合一的境界。"一个人孤
寂的湖上/月光深深嵌入夜的缝隙/爱上水里的星星点
点/微风鹊起/岸上的芦苇卷起了苍老的皱纹"（《虚无
之诗》）、"深夜　梦的溪流涨满/诗句像冲击而下的鹅
卵石/我随手抓起一枚/竟是自己孤独的裸体"（《坠落
的梦境》）。作为从农村走向城市的两栖人，面对城市
的喧嚣与焦躁，刘剑的孤独如沁入骨髓般深沉，他明了
"它仅仅是某些事物的开始/人人用房屋和口罩裹紧自
己/那些在雾霾中挣扎的人/像被风雨打散的枯叶/终其
一生都是迫不得已"（《冬至　回家的路被雾霾阻隔》），
在"我们前行　却不知方向　不知目标/我们走入峡谷
却不知如何　翻越下一个山岗"（《前行》）的一片混沌
中，刘剑的诗是清醒的，他小心地保持着与生活的距
离，固守着一些超然的姿态，自知却不沉迷。

　　诗歌是哲学的近邻，好的诗歌应该充满智性的哲思，这种哲思不似说理般枯燥无味，而是来自日常生活的真正富有诗意的诗。"五十岁的年龄　像一朵雪花　从头顶往下飘/已经飘过了肚脐　再飘下去就是胯下/越过胯下就是地面/其实　我什么都不是/跌落地面的死亡是那样的悄无声息"（《虚妄之诗》）、"我们跟着道路奔跑/殊不知道路也有掉头的时候/面对虚幻和真实/接受它或者回避它都是一种选择/要么重新开始　要么彻底结束"（《虚幻之诗》）、"再渺小的灵魂也无处可藏/芦花脱离了芦苇/那苍老的芦苇再也承载不了芦花的重量/在扁舟荡漾的水面/恍惚中　昰的兰舟催发（《虚无之诗》）。虚妄、虚幻、虚无也许是人至中年容易坠入的精神漩涡，但刘剑却醉心于直面真实的生命体验，不遮掩、不回避，他以对诗忠实的信仰寻找灵魂的栖息地。"我的像筛子一样的渔网/挂满了海虾和海藻　海鸟飞来/海鸟在一次又一次地碰触我的渔网/我失去了守望/终究会被这个世界遗忘"（《我已失去守望》），他的诗中偶然能读到这种无奈而又忧伤的情绪，但这种内转的话语策略却不能掩盖诗人的温情，特定情境下诗人内心情感的涌动正是诗性诗情的催生剂。

　　我以为，称刘剑兄为"行走诗人"不足为过，《海石花》诗集中的部分诗正是在行走中创作的，诗人离家行走，与历史对话，与山水对话，与自我对话，在自我体认的表征下开启一场寻梦之旅，是再出发的灵魂之旅。"此时　我穿越象鼻山水月洞/在大象与江水之间在人生与命运之间/在山高月晓之间　卸下了一次人世间/庞杂纷繁的沉重"(《象鼻山》)。在山高月晓的美景中，诗人如释重负，内心的温情也终究打破虚无，走上了一条超越生与死、孤独与虚妄的大爱之路。他担起诗人之所以为诗人的重担，以诗人独有的温情关心中国农村地区的留守老人和儿童，呼吁社会共同关爱藏族家庭，"姐弟俩望啊望/望断了晨曦　望断了旭阳　望红了东方的天际/但是　永远也望不断路的尽头/那里有父母的工地　有父母摇晃的脚手架/风吹起来了　虽然吹不起工地上的钢筋和砖头/但它能吹起工地上的尘埃和父母的/一颗望乡的悬着心"(《两双向远方眺望的眼睛》)。它们打破了原有的诗歌惯性，近乎白描的画面刺痛人心，干净的语言铸就纯洁的诗魂，在物质化大生产的今天，发现这样一颗高贵而又洁净的诗魂十分不易。

与诗集《短歌行》里的长诗《献给喜马拉雅的长卷》一样，这本《海石花》的压轴长卷《西藏　我的西藏》仍旧值得细细品味。在壮阔与辽远的青藏高原，在弥漫着雪粒和盐粒气息的空气中，没有眼泪和忧伤，只有飞奔的灵魂在运动，这样凝聚着精气神的大构造诗作尤其值得咂摸、品味。刘剑的行走仍在继续，下一个黎明悄然降临前，让我们和刘剑共饮雪域圣水，让它和我们的灵魂一起奔流在山涧幽谷的寂静之上。

2016年7月8日

[杨四平：文学博士、安徽师范大学教授、博士生导师]

目 录

第一辑
曾经的岛屿

第二辑
风　从金鞭溪畔走过

第三辑

有一种体验　说不上迟暮

第四辑

坠落的梦境

第五辑
青藏高原

第一辑
曾经的岛屿

我们不可能把世界变成一根冰棍，
也不可能把所有的鸟儿都变成一只白鹭。

曾经的岛屿

时间静悄悄地潜入它的身体

没有惊动海水

也没有惊动树枝

只是把它的叶片变得枯黄

曾经的甘泉变成了火焰

不可触摸的火焰

它把双乳紧紧锁入纽扣

不管白天还是黑夜从不打开

它已经生锈并失去馨香

它已不再是我的岛屿和港湾

我只有把自己交给荒原

交给更加遥远的河流

或者交给房屋后面的那一窝鸟巢

或是那一棵大树

或者是一滴水珠里的阳光

海石花

那么晶莹　那么温柔
它把带刺的光芒彻底收敛
像一只蹑手蹑脚的豹子

我的海鸟今夜将宿往何处
我的业已坍塌的岛屿啊

我想把这首诗写得像水一样轻柔
我想把所有经过水的过滤和洗礼
　　的东西
都看成是一切美丽的事物

2015年10月14日

今夜的月光是我前世的海水

当月光与海水相遇时
海水也变成了幽蓝的天空
天空中有阴影
那是云的阴影
沙滩上有阴影
那是我和月光的阴影

海滩是寂静的
除了浪花拍打岸礁的声音
几乎听不到任何声响

海面是寂静的
除了几盏航标的灯火
几乎什么也看不到
不　海面上布满了天空的颜色

海面是幽蓝的
天空是幽蓝的
那天空中的星星就是天空上的航标

海
石
花 　　　　　的灯火

　　海浪拍打着岸礁
　　拍打着我的等待
　　就连等待也是幽蓝的

　　今夜的月光是我前世的海水
　　今夜的寂静
　　并不等于明天大海上无事

　　今夜的寂静
　　正准备带着海水的翅膀把月光打湿
　　并酝酿着明天海上的一场风暴

　　　　　　　　　2015年11月8日

想起你　想起某一种象征

我感觉到了你的存在
在冬夜皎洁的月光下
我看到了你起舞的清影
我感觉到了你的不可告知的宿命

在山径崎岖的小溪边
我正在变成你身体中的小溪
从颈部流到腹部
甚至流到你的脚趾

有时舒缓　有时湍急
循环往复　虽有偶然　但从不盲目
哪怕流到原始的荒野或野性的沼泽
也一直保持着自然的平衡

我甚至变成了你皎洁的月光
或月光下一颗发芽的种子
我看到你已经成长为大片的庄稼

海
石
花

我收获你　收获你的生
收获你的分娩以及你的死
你的生是如此的短暂
而你的死却是如此的永恒

想起你　想起某一种象征
像看到月光和溪水的一场孕育

2015年11月12日

海石花

能够握住今晚海水的只有你了
能够摁倒今晚月光的只有你了
能够喝退今晚海上风暴的只有你了
你从东海而来还是从南海而来
我并不想去深深细究

你从贝壳中来还是从珊瑚中来
抑或从砗磲中来
我也不想去深深细究
反正你和蔚蓝色的海水一样
曾在漫漫长夜撞醒过我的睡梦

我出生的地方离大海很远
我这个直到二十多岁仍未见过大海的人
却从小常做一些与大海有关的梦

我梦到大海是一棵结满花瓣的巨树
我梦到大海是一头长满巨齿獠牙的怪兽
我还梦到大海是一只只毛毛虫爬到了

海
石
花

我的额头

我摁死一只　大海的血沾满我的指头

直到今天我才知道
原来大海就是一枚枚浓缩了的海石花
动物脊突苔虫和瘤苔虫的干燥的骨骼
可以入药　可以治愈我今夜的咳嗽

2015年11月22日

前 行

我们常常丢失自己
或流连于空无一人的孤岛
或踟蹰于浩瀚无垠的荒漠

我们前行　却不知方向
　　不知目标
我们走入峡谷　却不知如何
　　翻越下一个山岗

途中　观望者　沉睡者居多
看吧　睡吧　或者醉死梦生

假如我有先知附体
我将一如既往地前行
一如溪水翻山越岭
无论出自何方
源头总在更远的高处

穿崖透雾不辞辛劳

海
石
花　　　唯有流进大海才能步入永恒

观望者和沉睡者只能化为草木
在山间　在溪边随着夜晚的萤火
　自生自灭

2015年9月25日晨

飞翔的力量

请问秋季的鸟儿是否比春季的
鸟儿更加舒适　更加自由一些

它们占据着树林　它们从这一棵树
　飞向另一棵树
悄无声息　像一只只幽灵

它们必须飞翔　它们以内在的意志
来控制着自己的飞翔
惟恐给天空制造更多的痕迹

这群出自蛋壳的禽类
总是用飞翔来改变着我们的思维
　和生活方式
总是用飞翔来打破我们的陶罐和
　瓷器

它们颠覆着我们　瓦解着我们
让我们仰视　又让我们低头沉思

并重新整合自己

我们不是幽灵　却常在夜间出没
像一只只蝙蝠
我们虽无翅膀
却全身长满了强大的飞翔的欲望

2015年9月26日

每一片翩然而下的雪花都是新的

我们重复着季节的每一个音符

尽管没有那么准确

我们在哪里翩然而下

离城市远一些　还是更近一些

我们何时何地翩然而下

如果我们翩然而下在一片巨大的湖泊

那真是徒劳。在瑞士的群山环抱中

就有巨大的露天温泉

它们是我们的死亡墓场

这里吞噬着无数的雪花和裸体

我们不可能把世界变成一根冰棍

也不可能把所有的鸟儿都变成一只

　　白鹭

但每一片翩然而下的雪花都是新的

那雪地上大大小小的脚印也决不是

一个人踩的

海
石
花

我们总能找到一个正确的抑或错误的
地方　证明自己的伟大
无论是村庄　原野　山岗还是城市
像鸟儿的歌唱

2015年11月20日写于北京的第二场雪
2015年12月7日改

匆匆而过的列车

匆匆而过的列车

你的轰鸣　让大地经受了一次短暂的

　震颤

像受孕一样　快捷的爱情

钢铁与钢铁的摩擦

唇与唇的触碰

无比坚硬下去就是无比柔软

饥渴的大地畅饮了一场无水之饮

夜 色

在秋水伊人的夜晚
本想偷吃一口你的仙桃
却被皎洁的月光死死地盯着
在月光皎洁的夜晚
本想偷偷渡过你的河流
却看到闪光的河面
铺上一层薄薄的肃霜

我想翻越你的山头
却看到里尔克的豹
收敛起坚韧的脚步　潜伏在草丛
我的目光被夜的铁栅栏缠得疲倦了
偷吃偷渡的计划全部化为乌有

2015年10月3日

削苹果

见肉吃肉　见血喝血的陶瓷刀
这次对苹果充当了一回杀手
它从最红润的部位下刀
一刀见底　苹果皮变成一道正红里白
　的彩条

削苹果的人像打了一场完胜的比赛
一手优雅地握着陶瓷刀
一手提着被解的赤裸裸的奶白色的
　苹果
对着客人微笑　微笑中一丝残忍
　一掠而过

雨 后

大雨降落
天空中寒光四射
液体的子弹唰唰唰
人们被纷纷打散

雨过天晴
躲进房檐下的人探出脑袋
一眼望去
大雨的羽毛散落一地

鸟　声

陪88岁高龄的诗魔

洛夫老先生夜宴

我们将酒喝白　我们将酒喝红

无菜　三粒苦松籽沿着路标

滚上了餐桌　就拿它下酒

随手抓起　竟是洛老先生的一把鸟声

好吧　就用洛老先生的鸟声下酒

用鸟声下酒不醉

一夜鸟声不断

一夜鸟声不断

天明　想起阳台上的笼中

还囚着一只画眉

2015年10月6日晨

转 机

这是一群从北京飞来的老板
他们去往伦敦
却要在这里转机
整整九个小时的等待
让这群平常吆五喝六的人
怨声冲破候机大厅的屋顶

莫斯科伏努科沃机场
冷清的机场　冷漠的机场
这里的人　虽在夏季
脸上却挂满了秋霜
看看带队的贺总
静静地坐在那里　像尊木雕
目光幽暗　迷离
偶尔闪烁出一丝诡谲

2014年7月

秋 意

清晨　一阵秋风飒飒掠过秋草

从夏天飞来的鸟鸣

也已充满冷飕飕的秋意

在万木萧瑟中　鸟儿把秋意

从树林中衔出来

在伊人的秋水中

鱼儿把秋意游出来

清晨　身着外罩的漫步的行人

把秋意穿出来

无论多么衰微的秋草

都希望有一场隆重的仪式

来纪念自己的一生　在秋意绵绵中

　光荣谢幕

读杜甫《房兵曹胡马》

飞奔与疾驰　与上将的铁衣一起
　　出征
金雕铜弓的骑射
随瘦削而又冷骏的大宛马
　　嘶鸣　嘶鸣

箭楼与烽火台　一千年是一个
　　进程
两千年又是一个进程
四周的莽野传来铜铁和血的
　　回声

大雪弥漫　一支铁骑
在丛山峻岭中左冲右突
一个家国的命运
被紧紧地系在马鞍上

所向无空阔　真堪托死生
一场战争之后

上将的铁衣与骁腾入风的四蹄

一起被捧上了皇帝的金銮大殿

2015年10月9日

冬至　回家的路被雾霾阻隔

这个冬至　人们不谈寒冷
只谈雾霾
雾霾弥漫　高速封路
阻隔了我探父的行程

最长的夜比回家的路还长
雾霾摒弃着道路
道路摒弃着速度
冬至不是结局

它仅仅是某些事物的开始
人人用房屋和口罩裹紧自己
那些在雾霾中挣扎的人
像被风雨打散的枯叶
终其一生都是迫不得已

迫不得已的人总是艰难地呼吸
呼吸上的伤口流满血污

幸亏还有心中的马匹
幸亏还有心灵的脉络
使我能够在这个漫长的冬至
听到父亲一夜的咳嗽
在为我的归心导航

2015年12月23日

2015年 北京的第一场雪

相对于飘逸的白云

我不能说这飘舞的雪花最美

相对于昨日的蓝天

我对今天的雪茫茫的大地

真想大喊一声 这世界根本不是白的

今年 北京立冬前的一场大雪

像根突如其来的鞭子

打乱了很多人的节奏

那个在机场候机大厅的准备飞往南方

　　的人

穿着单衣 隔着玻璃

看着那架飞机停在大雪纷飞中

像只冻僵的天鹅

不知何时才能飞起来

朋友备的晚宴肯定是赶不上了

候鸟们也是措手不及

他们被告知　所有的航班无限期推迟
它们的翅膀被挂上了冰凌
他们温热的心中被塞进了冰块

那个怀抱行囊的结过婚又单身的女人
　　坐在凉椅上
梦幻着她的行囊像个小伙子
那是她梦中的小鲜肉
行囊虽然没有体温
但总比外面的大雪温暖

2015年11月6日草

梦见一位死去的故人

梦中　一位死去的故人向我走来

在我故乡的涡河岸边

他手提花篮　独自走下河堤

多么熟悉的故人啊　我竟然忘记了

他的名字

这个夜晚　我的梦高过了天堂

夜半惊醒　我的梦从天堂又坠落了下来

随那位死去的故人一起径直走下河堤

2016年6月3日凌晨

端午节

公元前278年农历五月初五

屈原投江而死

公元2015年农历五月初五

岳父溺水而亡

淹死屈原的那一泓碧水早已远逝

淹死岳父的那一泓碧水或许还能赶上

2016年的端午节中午

我草草吃上一个粽子

撑起一叶扁舟

我肯定是追不上屈原了

那就追一追岳父吧

第二辑

风　从金鞭溪畔走过

一种似是而非的飞行，

比溪水轻盈，

比岩石沉重，

晶莹的翅膀上闪耀着整个峡谷的光芒。

桂林五章

一　夜游桂林"两江四湖"

"桂林山水甲天下"的名句自小就
深入骨髓。五十三岁才来一次
算不算太迟

昨晚乘船夜游"两江四湖"
从六匹马码头出发。五匹马昂首嘶鸣
另一匹呈绊倒状。低下高傲的头颅

整座城全部浸在水中
像我梦幻中的蒙娜丽莎。那么诱人
我这把年纪对周身湿透的美人
就像对眼前两岸的漓江夜景一样
无论怎样的美轮美奂　也是心灰意冷

幸有同游的新武弟提醒
一切的美如同一切的爱
都是永恒的　都是令人震撼的

海
石
花

这位虔诚的基督徒让我权且信了一回

他一路写诗　尽管他从不写诗
而我这个所谓的诗人却半天没有憋出
一句诗来

船过榕湖。整个楼船被整整抬高了四米
分明看到苍山顶　船在苍山顶上行
对面上海来的一位老美女大发感慨

我离船上岸。夜幕灯影
我仰首奇峰　峭壁　飞瀑　翠竹
却被脚下的台阶绊了一个趔趄

2015年12月12日

二　象鼻山

太像了就不像了
你把鼻子插进漓江又插进桃花江
饮尽了漓江又想饮尽桃花江
你这头不知疲倦又无比贪婪的大象

你在漓江与桃花江的汇合处
一站就是千年　万年　甚至亿年
江水饮尽了　你还要饮尽山色　饮尽月光

水底有明月水上明月浮
水流月不去月去水还流

你把鼻子和半个身子稳稳地扎在水中
这种毕生的选择永无悔意
这种毕生的选择让千年游历的人群
摩肩接踵　乐此不疲

此时　我穿越象鼻山水月洞
在大象与江水之间　在人生与命运之间
在山高月晓之间　卸下了一次人世间
庞杂纷繁的沉重

2015年12月12日

三　靖江王府

靖江王府的背后　竟有一座独秀峰
　　　号称"南天一柱"
在南方　有多少独秀的山峰
　　　被称为南天一柱

比如当爱遇到了孤独
再比如当梦境遇到了梦境
或者孤独遇到了孤独
在靖江王府　独秀峰是孤独的

王是孤独的　　王妃也是孤独的

太岁摩崖石刻是孤独的
六十位太岁嗷嗷待哺
整整二十人的团竟无一人把它们请回家
尽管府内还有槐树与榕树合抱而生的
　　　夫妻树
合抱了千年也未生出一个娃来

月牙池荡漾于山脚
曲栏水榭　　垂柳依依　　细雨霏霏
我于幽深的贡院　　身披紫袍　　头戴官帽
中了一回状元　　倒贴了三百元人民币
直到走出王府　　我的心底就像荡漾的
　　　月牙池水
一直洋溢着一场细雨和空虚的孤独

2015年12月13日

四　漓江游

源于猫儿山的漓江
一开始并未想到自己会出落得如此美丽
这位绝色美人　　在两岸青山绿水的簇拥下
一路走来　　从桂林至阳朔
是她最为风韵绚灿的青春期

八十三公里的水路

　　三千座奇峰向她集体求爱　叩拜

深潭　山泉　飞瀑全都拜倒在她青翠欲滴的裙裾之下

千古络绎不绝的倾慕的人群竟无一人能把她娶回家

船儿在江心顺流而下

桂林的雨说下就下　水灵灵的人见人爱的漓江

在桂林与阳朔之间　旖旎氤氲着一段人间神话

雨后的彩云灿若桃花

　　灿若桃花的彩云在蓝天上缓缓地飘过

追寻着一船对漓江的依恋

"浴兰汤兮沐芳　华采衣兮若英"

从蝙蝠山到冠岩　从浪石到九马画山

从江中到云端　"云中谁寄锦书来"？

一路跌宕　一路逶迤　船儿悠悠　云儿悠悠

云烟跟着　蓝天也跟着　两岸层峦叠翠的奇峰

也像是撒着丫子跟着漓江跑

直到阳朔上岸　我数了数　三千座奇峰

　　一座也不少

　　　　　　　　　　　　2015年12月14日

　　　　　　　　　　　　　　15日改

五 九马画山

九马画山　有九匹奔腾的马
九马画山　不止九匹奔腾的马
但开国总理能看出的九匹马已是人类
　　　眼睛的极限

其实我只是想告诉你
那长出五条腿的和生出翅膀的马
　　　都不算
那头戴官帽身披马褂的马也不算

退而求其次　那长相像驴子的更不算
驴子怎能登上九马画山

九匹奔腾的马　三千座奔腾的奇山秀峰
裹挟着一条奔腾的波浪
经桂林　阳朔一路向南
寻找着年代久远的红釉陶罐和一只鲲鹏
　　　的歌唱

2015年12月15日

渠县之行诗四首

汉阙一

我在茂密葳蕤的灌木丛中
看到了你　渠县最初的汉阙
你矗立在宕渠大地
毋需攀登着朝代和大地的阶梯

从汉代开始　向你丛峦般的岩层
　　步步走来
你这现代所有花岗岩的母亲

汉人最初的曙光从高祖的大风歌
　　的韵律中弥漫　弥漫

苍鹰啊　一层一层地盘旋
一层一层地筑垒着人类的崇高的
　　堤岸

多少人来到这里

是来仰望　来祈祷　还是来祭拜

给先皇　给臣民　给母亲
还是给爱人

我仰首抑或俯首
都会把最美的诗　最美的酒
　　　最美的粮食
倾洒在你的脚下
并落进你脚下的泥土

汉阙二

比门宽阔　两阙对仗
如汉乐府的工整
且富有韵律

遗落在阙外的是汉家的豪雨
浸润至今而不朽
像两千多年的老树
新芽发在渠县两江诗歌广场上

新的诗人在这里漫步
他们是渠县尊贵的客人
他们从江堤拾级而上
在四周绵延的青山中

把阙从浩瀚的辞海中找出来
并且读懂

将司马迁的史记重新打开
把华蓥山最为陡峭的部分
凿出一段险峻的栈道
让阙这种古老的岩壁
孵化出一声声春暖花开的鸟鸣

并且经历魏晋南北朝　唐宋元明清
在风雨和阳光的烙印最为热烈的
　　部位
找到历史的长势最为茁壮的庄稼

賨人谷

从观音崖的平台上神犬啸天中认识了你
从老龙洞的最大最奇的钟乳岩的琉璃中认识了你
从峭壁上凿成的石梯　神龛　石灶　石床中
认识了你
从夕仲与度灵的浪漫邂逅的爱情故事中
认识了你
从满山坡满山坡尽情绽放的黄花堆积中认识了你
从一代代的竹丝的流淌和山崖间倾泻的
瀑布中认识了你
从农家乐的酒店里咂酒的醇香中认识了你

诗人们探芳寻幽　攀援绝壁
引来了賨人谷一场浪漫的烟雨
把所有的诗人逐个打湿

车行渠县盘山公路

中巴车总是歪着脖子　斜着身子
车轮削蚀着路面
这种不对等的摩擦使双方均变得
异常锋利
盘山公路愈加蜿蜒陡峭
中巴车无暇专注两侧茂密的植物

车里坐满了诗人
他们谈论着渠县
谈论着山上的油松和黄桷树
谈论着汉阙　谈论着賨人谷　賨王洞
以及賨王和王妃的故事
谈论着四周的山色
在雨后彩虹的映照下
是青色还是黛色

夕阳像一张烙熟了的烙饼
在诗人们饥肠辘辘之时
忽然隐入西山的山脊

2015年11月5日

风　从金鞭溪畔走过

当我们这群徒步而行的游人
在金鞭溪畔与一群风不期而遇时
风依然是风
而我们却变成了金鞭溪畔所有的风景

金鞭岩　神鹰护鞭　劈山救母
景点上的细节走进溪畔密林的深处
而结局往往萦绕在山崖的高处

花草静美　人游其中
不知何处能与自己的命运相遇
人啊　不知走在哪条径上
才算真的更有价值

鸟鸣猿啼　明净的溪水上
蜻蜓用抖动的双翅轻轻地提着自己
它至少有三只影子
一只在空中　两只在水里

海
石
花

一种似是而非的飞行
比溪水轻盈　比岩石沉重
晶莹的翅膀上闪耀着整个峡谷的光芒

人在其间徒步
身上的手机　相机　摄像机全是多余的
不如将这些现代文明的产物
全部挂在树枝上

减少一点对自然原始的污染
就为人类减少一点罪孽
面对一朵朵金盏花开
我们空手而来　空手而归
不带走一片风景

大英博物馆

坐落于伦敦新牛津大街罗素广场的

大英博物馆

一幢十七世纪的蒙塔古建筑的塔顶

米字旗依然迎风飘扬

这面在世界各地　飘扬了一个多世纪的

米字旗　此时　却显得异常陈旧和破败

在风中像一片没落的鸟羽

慵懒地抖动着

在伦敦上空　它似乎仍要彰显点什么

在这个炎热的七月的午后

我怀着一颗冰冷的心　走进馆藏

走进这座令人叹为观止的文化宝库

古埃及的木乃伊　罗塞塔石碑

拉美西斯二世头像

法老阿蒙霍特普三世雕像

塞克麦特女神　贝斯特女神

常以野猫或狮子的形态出现

海
石
花

随光而变的瞳孔　发出幽蓝色的光芒
如月亮的阴晴圆缺　又称月亮女神

铜质的埃及神猫
脖子上刻有荷露斯之眼的铜饰板
胸前一只头顶日盘展翅欲飞的圣甲虫
尼罗河中游卢克索西岸出土的
写在莎草纸上的祈求人死后灵魂升入
天堂的亚尼的死亡之书

古巴比伦的亚述浮雕
伊斯兰陶器　阿拉伯铜手
玛雅玉米神像　莫尔德黄金披肩
雅典帕特农神庙的大理石雕刻
弗兰克斯的首饰盒　婆罗浮屠佛头像
俄罗斯革命瓷盘

这里还有大量的中国元素
商代青铜双羊尊　西周康青铜侯簋
春秋铜钟　汉代漆杯
汉玉雕驭龙　唐黄玉坐犬
东晋顾恺之的女史箴图的唐代摹本
青花瓷器　唐墓葬俑　敦煌壁画
元代大卫对瓶　明代纸币
清代玉璧　太阳能灯盏
另有历代珍贵画作　青绿山水图

茂林迭嶂图　携琴访友图

华岩变相图　墨竹图

还有蕞尔小国东瀛的浮世绘

绳纹陶器和陶偶

走出黄昏时分的博物馆

面对道貌岸然彬彬有礼具有绅士风度

的英国人

我想试问　你们的祖先盗来的抢来的

珍贵文物

何时归还我们东方民族

　　　　　　　　　2014年7月25日草

宇宙的呢喃

秋夜虫子的呢喃与来自浩瀚宇宙的
呢喃　扯上了关系
宇宙深处"噗"的一声清脆的声响
人类倾听到了来自宇宙的声音

成片成片的星星的密林
会有鸟儿在其间穿梭
会有风声在其间传递风声

星与星之间的运动
定有一片嘈杂的噪音　像一对恋人
时而卿卿我我　时而相互争论
定有一圈大似一圈的涟漪在其间荡漾
蕴涵多少情感的涟漪

太阳的光晕普照十二颗行星
不会是轻易扔下一些绿草和森林
或者是一些多细胞生物在地球上蔓延
那些排列有序的山川河流

也不单单是柴科夫斯基或贝多芬的
不停弹奏的琴键

"引力波"来自宇宙的深处
犹如水珠落水　激越悠扬的美妙的声音
这个宇宙间双黑洞系统的合并造成
的声音
经过十三亿年漫长的旅行
终于在猴年新春之际抵达地球

广义相对论有关天体间的光线的弯曲
水星近日点的进动
引力红移效应都已得到验证
唯有徘徊在科学视线之外的"引力波"
"爱因斯坦未完成的交响曲"
而今终于完成了最后一块缺失的拼图

我们不仅看到了宇宙
我们还会倾听它
来自浩瀚宇宙的呢喃
来自宇宙间秋虫的呢喃

威尼斯城

那些插入亚得里亚海的木桩

那些来自阿尔卑斯山愈久弥坚　坚硬

如铁的木桩

那些撑起一百一十八座岛屿和一座

城市的木桩

海水里的黑森林浸透了海水的冶炼

浸透了盐的结石和桥的脊梁

我和最早进入你的夸迪人　马可曼尼人

一样　略感忐忑和迷茫地进入你的海盗

进入你的商业　进入你大理石雕刻的城堡

在过叹息桥之前

我一定喝上一杯摩卡或者卡布奇诺

熟悉一下巴洛克建筑风格和威尼斯画派　调整一

　下呼吸　不让它发出任何声响

蜿蜒的水巷分割着流动的清波

拿破仑宫　圣马可广场　圣马可大教堂

这里的鸽子是全世界最像鸽子的鸽子

广场上的人们任意地谈论着右翼或左翼
谈论着足球　谈论着贝卢斯科尼的狎妓
行为　并无任何非议和嘲讽

细雨飘落　沿着海边的帆影
一位来自东方的诗人　用手指拨弄着琴弦般的雨丝
乘着贡多拉深入威尼斯船歌的尽头
亚得里亚海并未远去　城市已水涨船高

2014年2月

青铜鹤

双翅紧收　脖颈弯曲成"S"形
长喙含一条青铜制成的小虫
身体仿佛浮在云中

在秦皇陵的陪葬坑内
我见到过青铜鹅　青铜雁
但见到你时　我油然而生肃穆的神情

你这飞升成仙　长生不老的珍禽
你这深埋地下两千余年的珍禽
我原以为你早该蜷成一束花的根茎

你出土时　空气静止了
树叶一动不动　隔着玻璃的烈日照进来
鹤鸣和虫声嵌在密不透风的墙里
其实没有不透风的墙

日复一日　年复一年
我真的分不清立夏和夏至哪个离我更近　就像这

坑中的青铜鹤和我三十年前见到的鹤
哪一只更接近于真实和纯粹

养鹤与宠鹤皆是一种信念
出土的鹤更珍贵于真实而又纯粹的鹤
未曾出土的始皇帝并未成仙
始皇帝死于巡幸的途中

　　　　　　　　　2016年6月23日

西安之行九章

大明宫

曾经绝世繁华绝世恢宏的千宫之宫
究竟遭受了怎样的厄运
竟然连一座废墟都没有留下　一片砖瓦
都没有留下

我　一个游子　一个手无缚鸡之力的人
站在浩如烟海的历史的空地
重新审视往昔破碎的宫殿
并试图拉回流逝的山河　让其更加嵯峨

潼　关

不是说有秦岭屏障　黄河天堑就可以
固若金汤了吗
不是说"窄狭容单车，万古用一夫"
就可以"关门扼九州，飞鸟不能逾"了吗
纵观历史　我看到的都是潼关

屡屡被攻破的消息

华清池

游华清池　观《长恨歌》
满耳都是"渔阳鞞鼓动地来"的声音

贵妃出浴的地方
已经长出了一棵娑婆多姿的花树
只是花儿年年都要落在马嵬坡的
泥土中

骊　山

不是周幽王烽火戏诸侯拿江山赌一笑的骊山吗
不是始皇帝筑阿房宫修秦皇陵
激起大泽乡一场席卷秦王朝的风暴
的骊山吗

不是仙乐风飘处处闻惊破霓裳羽衣曲
的骊山吗
不是张杨兵谏弹洞五间厅前门窗玻璃
的骊山吗
骊山啊骊山　需要多么大的胸怀和气魄
才能承载那么多历史的重负

兵 马 俑

再次来看你们
我依然能够认出你们
可是你们已经认不出我了

面对岁月的沧桑和风云的变幻
以及一拨又一拨的人流
你们只有瞪大诧异的眼睛

玄 奘

一袭袈裟　一杆锡杖
背对大雁塔的玄奘
在完成了一场旷世杰作之后
并没有安静下来
他偾张的血管里依然有万里浮云
万里黄沙尘埃　万里跋涉不息的狮群

西风庞大　我听到了吹折松针
吹折曲江池水的声音
塔身往西微微倾斜
随时可以撑破西方的天空

小雁塔

不幸与大雁塔生于同一时代
不能称之为国色天香的一代芳娇
只能被看做是蕙质兰心的邻家碧玉了

六月炙热的阳光承袭了唐代的辉煌
千年的古槐蕴藏着千年的心事
在小雁塔的四周
随晨钟一起敲响雁塔盛世的回音

陕西历史博物馆

年年都有黄土高坡的尘土吹落在这里
这年复一年的尘土啊　一层层的覆盖
我能吹灭高原上的明月和蜡烛
但我吹不灭展厅里幽暗的灯泡

就像吹不灭那层层覆盖的尘土
瓦当也好　铜炉也好　钟鼎也好
有谁能够彻底破解里面有多少历史的
迷茫而又沉重的密码

在高家大院看皮影戏

热闹和秘密总蕴藏在幕后
孩子们手舞足蹈
而我体会的只是背后的影子的力量
一股来自背后的操纵的力量

我感慨于人生的命运到底操纵在谁的
手上　摩肩接踵　人来人往
一转身的工夫完成了一场时世的兴衰
高家大院的风水已经流尽

第三辑

有一种体验
说不上迟暮

一个人沉湎于花瓣的羽翼，
钢铁也会陷入最深沉的孤独

虚妄之诗

我曾经在夜晚裸睡在一条河上
我把自己幻化成一条小船
小船那么轻　它永远不会沉落到河底
其实　我什么都不是

我曾经在夜晚裸睡在一片天空的下面
我把自己幻化成一颗星星
星星那么轻　它永远不会坠落到地上
其实　我什么都不是

我曾经裸睡在我十八岁的年轮上
把自己幻化成一条永远不会老去的小虫
年轮是沉重的　沉到五十岁
还会一直沉下去

五十岁的年龄　像一朵雪花　从头顶往下飘
已经飘过了肚脐　再飘下去就是胯下
越过胯下就是地面
其实　我什么都不是

跌落地面的死亡是那样的悄无声息

虚幻之诗

倒映在水中的天空
世上最大最虚幻的假面具
像一个人的死亡
众人护送着袅袅升入天堂的亡灵

众多的脚步在通往天堂的路上
纷至沓来　有时因拥挤而发生的纠纷
把失理者引入地狱

地狱与天堂的区分
无非是哪一个是倒映在水里的天空
生前的选择非常重要
就像是李白选择了水中的月亮
而灵魂却升入天堂
供后世千年万年的人们顶礼膜拜

我们生前的心灵因愚昧和迷信得以慰藉
以致于很多人分不清水里的天空和真实的天空
（而真实的天空也是另一种虚幻）

我们跟着道路奔跑

殊不知道路也有掉头的时候

面对虚幻和真实

接受它或者回避它都是一种选择

要么重新开始　要么彻底结束

2016年4月19日晨

虚无之诗

一个人孤寂的湖上

月光深深嵌入夜的缝隙

爱上水里的星星点点

微风鹊起

岸上的芦苇卷起了苍老的皱纹

植物的欲望上升不到天国

只能变成湖面上的孤魂野鬼

再轻飏的风絮也掩盖不了月光的影子

再渺小的灵魂也无处可藏

夜的门有多少入口

常常有深夜的诗篇惊醒我的梦魂

搬出整箱的惆怅

约三两好友踏着月光而至

畅饮经年的别绪

在一个人孤寂的湖上

琴声悠扬　扁舟荡漾

垂下斑竹钓钩
钓取往昔思念的锦鲤

人的欲望与植物的欲望并列而行
但人的欲望不同于植物的欲望
夜的门蕴藏着多少梦境或者诗篇
只有渺小的灵魂知道

再渺小的灵魂也无处可藏
芦花脱离了芦苇
那苍老的芦苇再也承载不了芦花的重量
在扁舟荡漾的水面
恍惚中　昼的兰舟催发

2015年12月20日

有一种体验　说不上迟暮

我不需要一场震荡

就像一只蚂蚁不需要一场风暴

哪怕是飞檐走壁的蚂蚁

我真的不需要如此强烈的震荡

直到今天　平静的生活

依然是我平生的慰藉

我不需要貌似神明的人

我不需要貌合神离的人

我不需要绷着冷峻面孔的人

那些早早离开尘世的人

其实是不再需要我们

比如我三十年前逝去的母亲

比如我四十年前逝去的祖母

她们都不再属于这个世界

她们都成了远离尘世的人

多么清静无为

一群大雁在高邈的长空掠过

它们高过白云
它们毋需对白云说些什么
高高在上的欲望无比辽阔
它们相对于缓慢的白云
无疑是匆忙了些

天上有飘逝的云
地上有奔流的水
短暂的爱情没有给我们留下过多的时光
还有我那散落四海的游侠骑士般的兄弟
我在想念你们
每当黄昏暮雨后
梧桐更兼细雨
你们能否感受到我对你们思念的呼吸

有时这种呼吸近似于窒息
在昏暗的暮鼓的穹影里
让自己独自鸣响吧
让抑郁的神在今夜的丧钟中死去吧

我若不被遗忘　就对布满星星的苍穹
大声喊道　我要仰望星空
我若不被遗忘　就对沉沉睡去的大地
大声喊道　我依然活着　我不需要一场
　　震荡
我若不被遗忘　就对散落四海的兄弟
大声喊道　我的等待能让青山老去

放 生

当我从山上走下的时候
暮云在追赶着波浪一样的山峰
在半山腰　我碰到最后一个卖鸟人
提着最后一笼鸟儿
我把它全部买下
打开笼门　鸟儿们慌不择路
纷纷撞破黄昏的栅栏
扑楞楞全飞进了深山

我想鸟儿飞进深山可能会安全些
在凛冽的寒风中夕阳显得很慈悲
暮云在追赶着波浪一样的山峰
接下来它还要去追赶那群小鸟
把它们全部赶进暮色苍茫之中

欲望的渊薮

这个世界本无刀枪剑戟　本无
　　爱恨情仇
所谓风暴　全都蕴涵于人的身体
藏于欲望的渊薮

世无风暴　无非是人制造了风暴
生命的树叶由嫩绿走向枯黄
　　乃至残破
这是自然的法则
如果人类无欲望的渊薮
他还可以把生命之花绽放得更加
　　绚灿

正因为欲望的渊薮　人类生命的
钻石　不断坍塌成细碎的砂砾
夜晚虽布满黑暗的灵魂
但那些光明的蓓蕾定然孕育其中

海洋不会因黑暗的灵魂而熄灭自己

海
石
花

璀璨的浪花
一个人沉湎于花瓣的羽翼
钢铁也会陷入最深沉的孤独

我的高原

我的高原荒凉　突兀
没有一棵大树可供遮风避雨
苍鹰在上空盘旋
孤狼时常出没

我的高原不长庄稼
所以没有鸟儿落下
我的高原没有大海
却有潮涨潮落

我的高原长满青铜和石头
青铜是万年的青铜
石头是万年的石头

我的高原虽无一棵大树
却有上万枚树叶闪烁
并发出雪山般的光芒

我的高原虽无鸟儿落下

却有上万片鸟翼纷纷飘落

像我忧郁而孤傲的灵魂

2016年2月19日

黄昏的遐思

黄昏　这一片庞大的森林
归巢的鸟鸣声更加庞大
甚至淹过森林上空的天空

一簇簇暮云篡改着蓝天
暗礁浮现　而暗流依然涌动
羊肠古道深藏着深深的脚印
无限向下的延伸终究要走进深渊

将一枚金钥匙扔进海里
以便打开漩涡之门
再厚的夜幕也遮不住密室的秘密

接下来该是月光　在这样的森林
这样的夜幕下噤若寒蝉
并与我做一次公平的交换
让我重新找回丢失已久的安静

暮春时节的一场暮雨

我曾经深深折服于渔夫的智慧
我曾经被飞鸟和新月打上了恒久的印记
暮春时节的一场暮雨惊醒了一个流寓者
面对着暮雨像怨妇一样的倾诉
我忘却了归程

敲木鱼的僧人仍在诵经
暮鼓响起　渔人已归
我的码头已漂向深海
眼前竖起一道道珊瑚的栅栏
我的渔火和河流仍在随我一起流浪

还有那群四处漂泊的橄榄树
在分享着鸟儿的快乐
随黑夜和乌云一起消失的故乡
变成了母亲漂满鱼群的公海

我　一个流寓者　一个寻找家园的人
像一个暮归的僧人

深深迷恋于一件古老的铜器

并被其一步步引入城市的荒芜

像暮春时节的一场暮雨

它属于尘世　属于整个人类

不属于我

2016年4月29日夜草晨改

梦中的船儿

梦中的船起锚于海洋寂静的源头

一路行来　一路收集着溪流　河流

以及太阳的光芒　即使在某一处黑夜

太阳遗落的城堡　照样闪烁着耀眼的灯光

像波光粼粼的大海

我的船儿不能泊在静谧的码头

不能在更加宽阔的港湾停靠

在幽蓝的天空和海面

让船儿划过　让船儿点燃着星星和灯塔

点燃着唐古拉山和巴颜喀拉山　头上的

白雪　点燃着祖国最晶莹剔透的节日　和

篝火的波峰浪谷的原野

远方　被乌云撞击的船舷

甲板溅落起金光闪闪的鳞片

船头包裹着海上瞬息万变的气象

船尾藏匿得更深　拖曳着声音嘶哑的

白色的泡沫和浪花

时光的隧道被巨大的鸥群带入比梦境

还要深邃的海底

而鱼群纷纷上岸

在喧嚣嘈杂的集市　像一个个被人剥光

衣服的女巫　神色羞涩而慌乱

她们要完成一次羽化而登仙的过程

来吧　从生命的曙光里荡出的

我黑色的　红色的　白色的船

沿着兀鹰和苍狼的血迹

在飞湍的瀑布和日夜奔流的河道的高速路上

甩掉一切腐烂颓废的枯枝残叶的羁绊

跳跃着欢欣着沸腾着

风儿吹起我湿漉漉的头发

吹向我的高原我魂牵梦绕的家乡

我的双臂抱满海水和月光

我梦中的船儿重复着时间的节奏

一场传统的永不休止的惯性思维

让百合与蔷薇以及更加鲜艳的玫瑰

紧随着柠檬的花香

走入红珊瑚冰冷的隙缝

2016年5月26日草27日改

死亡的血色玫瑰

这里是石灰岩　白云岩　油页岩丛生
的帝国
这一片山峰耸峙绿水环绕的丛林
深渊里倒悬着无数死者的身影
独立的死者与相互关联的死者和死去
的印加帝国　罗马帝国　大秦帝国
的残肢断臂叠加

像葱绿的树叶和葱绿的青草一样
从千疮百孔的樊笼里
透出的阴暗的阳光中折射出来
我们生于这火红的夏季
并注定要在这火红的夏季死去

我们脚下的黏土可以烧成陶器
我们烧成千年万年的陶器
可以长成一棵棵巨树
这巨树在狂飙和迅疾的海风下遮天蔽日
被最炽热的火焰所覆盖

一棵树的死去并不足惜

一个人的死去并不足惜

一个帝国的死去并不足惜

等到脚底下的青草和黏土都变成粗粝的

沙砾

等到人类充满着血污和碎石的堤坝

全部陷落

即使是最幽深的洞穴也会长满石头的花瓣

海水不停地漫越

漫越成死亡的血色的玫瑰

漫越成死亡的残垣断壁的帝国

人类啊　我们生着　却不如一块因愤怒而

齑粉的石头

2016年5月15日

水漫中西

今年夏季　中国的南方水漫金山

电视每天都在报导水灾的消息

一个卖红酒的朋友告诉我

法国那边也涨水了

水淹波尔多和勃艮第

葡萄严重减产已是不争的事实

2016年对法国红酒来说注定是一个

多灾多难的年份

巴黎有一个"每百年都要被塞纳河水

淹没一次"的魔咒

上一次水灾发生于1916年

看来今年的某个日子

巴黎又将淹没在一片汪洋里

我的酒窖里储藏的红酒已经告罄

2016年6月3日

第四辑

坠落的梦境

深夜，
梦的溪流涨满　诗句冲击而下的鹅卵石，
我随手抓起一枚，
竟是自己孤独的裸体

一切都是在悄悄潜入

一切都是在悄悄潜入
就像随风潜入夜的好雨
岛屿悄悄潜入海洋
星宿悄悄潜入日月
草木悄悄潜入丛林

观音悄悄潜入慈悲
性情悄悄潜入佛心
魔鬼悄悄潜入天使
欢乐悄悄潜入痛苦
至情至性的爱情悄悄潜入第三者

虚幻悄悄潜入真实
真实悄悄潜入虚幻
生悄悄潜入死　死悄悄潜入生

群山悄悄潜入暮色
足迹悄悄潜入道路
无路悄悄潜入有路

才能走进永恒

一切的一切啊　都在悄悄地潜入

蓦然回首　身后残留着万丈的空虚

时光悄悄潜入我的身体

使我的内心斑驳如鳞

2015年10月24日

灵魂的救赎

落水的人　我把你打捞上岸
我为你换下湿衣服

你像一条湿漉漉的鱼
但目光与鱼不同

你是谁　为什么落水
你的双唇紧闭

我拿来烧酒。想暖一暖你的身子
并想让你恢复一下体力

可你依然双唇紧闭
你是谁　又为什么落水

你依然双唇紧闭
难道我打捞出水的是一副面具

2015年11月5日

与七岁儿子的三次对话

一

儿子爬上窗台
我赶紧抓住他的双臂
并佯装推他下台的姿势
儿子大叫　你想摔死我呀
摔死我　你可没有儿子了
你没有儿子　我就叫妈妈
再给你找一个后爹

二

一周一次的武术课
爱看电视的儿子
却怎么都不愿意去了
我懊恼地训斥
儿子嚷道　为什么要让我练武
我高八度地喊道
为了今后你有一个强壮的体魄

为了你在未来的岁月里经得起
　　摔打滚爬
我正喋喋不休　儿子高喊
我以为　你让我长大以后做个暴君

三

儿子要吃鸡肉
我买回一只活鸡
一手捋起袖子
一手操起菜刀
鸡咯咯大叫
儿子忙抓住我的胳膊左右摇晃大喊
我不吃你杀死的鸡
我要吃生下来就是鸡腿的鸡

2013年4月

坠落的梦境

深夜　梦的溪流涨满
诗句像冲击而下的鹅卵石
我随手抓起一枚
竟是自己孤独的裸体

2015年11月29日

谁在拥有苦难

谁拥有苦难　谁就拥有一个
灿烂的明天　谁一旦被幸福攫住
谁将失去明天　无论是灿烂的
还是灰暗的

人啊　只关注明天的太阳
而忽略今夜的星辰
如果明天的太阳是潮湿的
我宁愿与今晚的温暖的星辰在一起

2015年11月30日

雾 霾

只有风能够拯救这个世界

这个怆然而又悲摧的世界

众鸟高飞尽。却看不到一朵云彩

这北方都市里的昏暗的脸

世界的流脓的伤口

狐狸的尾巴拖曳的暮霭

死者的灵魂飞升天堂的火炬和烟雾

衰落的经济和狂跌的股市

2015年12月8日

写于北京入冬后的第二次严重的雾霾

我已失去守望

说你的心里长满了罂粟花有点太陈旧了
说你的灵魂里有鬼魅出现有点太恐怖了
你的抱怨如乌云压弯了我的神经
压弯了我眺望的海岸

我的像筛子一样的渔网
挂满了海虾和海藻　海鸟飞来
海鸟在一次又一次地触碰我的渔网
我失去了守望
终究会被这个世界遗忘

2015年12月1日

镜子前的儿童

一直做着鬼脸　逗他　叫他
甚至上手　上脚
镜子反击的力量是对等的
他拱手作揖　甘拜下风
妈妈过来把他拉走
他哭喊　出来　出来
我要让他出来

2015年12月2日

雾霾 现实中的"恐怖分子"

所有的人都屏住呼吸

在口罩里呼吸的人们

已繁殖了祖孙三代的病菌

北京令人屏住呼吸的雾霾

令祖孙三代病菌疯狂做爱的雾霾

人们无法拒绝 这现实中的"恐怖分子"

被"霾"没的地标 人们已辨不出方向

唯一能找到的只有医院的呼吸科

呼吸科已人满为患

惊恐的氛围 多少人要逃离这帝都

傍晚有好消息发布

十万大风的"军团"已逼近张家口

这只高效率的"反恐"部队

入夜即可抵京

海
石
花

百万人翘首企盼　千万人翘首企盼

天明　太阳出来　蓝天呈现
雾霾这群肆虐的"恐怖分子"
已被绑缚菜市口斩首
口罩里的三代病菌已扬帆重返我们
　　的肺叶

　　　　　　　　2015年12月2日
　　　　　　北京雾霾最为肆虐的一天

96

窗 外

楼宇间的天空

像一块淡蓝色的布

鸟儿落在露台

一朵朵美丽的图案

有风和阳光携手掠过

我却无丝毫察觉

一缕茶香

冉冉飘过眉梢

尼采的疯话

"到女人那里去吧，但别忘记带着鞭子。"
他活在那世的妈妈会翻过身来
把唾沫狠狠地啐在他的脸上

与北极光的对话

一个人孤寂的时候　眺望北方
与北极光做一次简短的对话
不是说你是希腊神泰坦的女儿吗
在白雪覆盖的山坡上奔跑
身后荡起一片晶莹闪烁的雪花

不是说你是狐狸之火
要与北极低垂的夜空联姻吗
踏响天空的脚步声
将沉睡的人类惊醒
森林与河流全都躺在群山的脚下

在离北极最近的城市
我空作一次潜意识的睡眠　或者
在北冰洋的岬角横卧成一座礁岩
任凭不知冷暖的海水在上面做五彩缤纷
　　的拍打

擦肩而过

记忆中的几次接触已不显得那么
　　重要
像野外油菜花地上一对翩翩起舞
　　的蝴蝶　会飞的花朵

偶尔落在油菜上
花瓣与花瓣的重叠
其实彼此在身体上
并没有留下任何痕迹

开春的风声总在晨梦中响起

穿透窗缝的开春的风声　总在晨梦中
　　响起
阳光和温暖在一寸一寸地生长
春天的脚步在依旧枯萎的土地上移动
无声无息　使你无法感受到她的到来

我仍然在睡　我期待的花朵尚在远方
我晨梦中的爱人尚在远方
隔着群山　不知何时她乘着风声抵达
和我的花朵一起
随着春天的脚步　把窗户全部打开

卡拉的晚宴

观法国超现实主义大师萨尔瓦多·达利的
版画《卡拉的晚宴》

六岁时就想当厨娘的达利

肯定是从小吃不饱

面对巴黎街头各式美食的诱惑

他总以超现实主义的手法

在自己的画板上画上各类美味佳肴

娶了美人卡拉为妻

他一口气为妻子画上136道菜肴

他暗暗发誓　决不能让妻子饿着

他起上稀奇古怪的菜名

龙虾　叫秋季的食人族

鹅　叫君王的肉

炭火烤鸡　则叫俄式人造卫星

再度降临人间

自己则像是加了过多的咖喱和胡椒

浑身散发着刺鼻的味道

他在吻妻子的嘴唇时

则叫达利的鹅肝之吻

吻妻子的额头则叫达利的鱼子酱之吻

所有的冷盘　他则大声喊道

撒一点达利在云彩上

这从小挨饿的充满幻想和忧郁的达利啊

2016年3月22日

两双向远方眺望的眼睛

让我们共同关爱中国农村地区的留守老
人和儿童。

——题记

每当晨曦初露的早晨　姐弟俩都要
站在村口的小路边向远方眺望
这是爷爷常常站立的地方
可是　爷爷已于去年的秋季像小路边
的枯树枝一样折断了
落叶也都纷纷下了地

今年的春季　枯枝重又发芽
树叶重又长出来
爷爷却再也长不出来了
自从爸妈五年前去城市打工走后
姐弟俩相依为命了五年的爷爷啊

十三岁的姐姐已出落成一个美人坯子
躲在远离城市的小山村

躲在奶奶严防死守的枯黄的目光里
但是岁月已遮掩不住她那柔软的曲线的光辉

爸妈不是说　今年开春就来接她去远方的
城市先学一门好手艺
可是奶奶已经卧病在床三个月
爸妈捎信要返乡
我们等了初一等十五　等了十五等初一
城市的楼房盖了一栋又一栋
农村的土地少了一分又一分

记得八岁时　曾随父亲去工地
工地上通红的灯火比白天太阳的温度高
干活的人的体温比通红的灯光温度高
汗水湿透的工地啊
到处是截断的钢筋　到处是堆放的水泥和砖头

父亲　我今年已经十一岁了
如果城里的学校不收我
我可以到工地上去干活
虽然那截断的钢筋比我高
但我可以搬砖　我可以把那一块块的砖头砌得比
　我更高

盖房子的人有房住是幸福的
"谁这时没有房屋　就不必建筑

谁这时孤独　就永远孤独"

但是　只要与爸妈在一起
哪怕没有房子住也是幸福的

姐弟俩望啊望
望断了晨曦　望断了旭日　望红了东方的天际
但是　永远也望不断路的尽头
那里有父母的工地　有父母摇晃的脚手架

风吹起来了　虽然吹不起工地上的钢筋和砖头
但它能吹起工地上的尘埃和父母的
一颗望乡的悬着的心

2016年5月17日草

成来旺姆的家

　　2016年3月16日，探访青海省玉树藏族自
治州囊谦县吉曲乡成来旺姆的家。

吉曲乡瓦卡村　吃生牦牛肉长大的
成来旺姆　有着惊人繁殖力的成来旺姆
强壮的身体像每天晚上都喷涌胀满
　　　的皓月
点燃着妻子才吉卓玛滚烫的潮汐
十二个孩子像被浪花卷上沙滩的贝壳

十五岁的老大索南去五千米海拔的深山
采藏药
十三岁的老二尕那三天前已去
海拔四千八百米的雪山草甸挖虫草
十二岁的老三加洋为防狼群把牦牛吃掉
必须在落日前把牦牛赶回家
七岁的柔旦也不去上学
为了家中入冬后有足够的柴禾
每当午后　必须把晒干的牛粪捡回家

怀着七个月身孕的三十六岁的妻子

才吉卓玛在家打糌粑

一本藏语课本放在长桌上

已有很久无人翻过　奶奶说　那是十岁的老四多杰的

他已于去年刚刚辍学

正在村头野地打猪草

这个三代同堂的藏族大家庭啊

家里充满着牦牛圈的气息

十二个黝黑黝红的孩子啊

像小牦牛一样又脏又壮的孩子啊

只是为什么没有一个去上学

在藏区有多少这样的家庭需要帮助

假如人生能够互换一次

我宁愿站在村口迎接三月初绽的春风

2016年3月20日草

生存状态

一

从早到晚　她手捧手机
是那样的安静　超自然的安静
我想　聚精会神地对一部手机的关注
应该是一个可以原谅的错误

二

家里的卫生已有一个礼拜无人打扫
我烦躁的想跳脚　忽然想起年轻时
母亲常说的一句话：无论什么事
都要忍着，因为日子比树叶还稠
可是　现在已稠成了一团乱草

三

我必须改掉我身上的坏脾气
我想　要想改掉自己的坏脾气

就要紧盯着我家的天花板死死地看
直到看出鸟来

四

在夏夜　一个人裸着身子躺在床上
想着高原辽阔　平原辽阔　大海辽阔
人间辽阔　双人床也辽阔
要的就是这清清凉凉的无边无际的辽阔
的生活

2016年6月5日

第五辑

青藏高原

饮一口雪域纯净的圣水，

让它和我的灵魂一起奔流在山涧幽谷的寂静之上。

青海　我的青海

（写给青海的十四行诗）

　　2016年3月12日—18日，本人以天使妈妈基金会名誉理事和中国诗歌学会会员的身份，与天使妈妈基金会的常务副理事长邱莉莉、助学项目助理韩凤霞、青海玉树藏族自治州囊谦县摩婆寺巴丁活佛、玉树州藏族天使妈妈志愿者扎西多杰一行五人，对青海省玉树藏族自治州的囊谦县的贫困家庭进行一次助医助学和采风活动。途中经历了惊心动魄、生死一线的翻车事故，并忍受着心慌气短、头痛欲裂的剧烈的高原反应，坚持了一个礼拜，完成了这项有价值和有意义的活动。

一　塔尔寺

崭新的壁画　崭新的山道
崭新的绛红色的喇嘛
古老的矿物质的颜料
清晨　从树梢起飞的喜鹊
将整个莲花山谷点亮

海
石
花

西宁以西偏南

雪花在阳光下飞舞

塔尔寺上空却没有一片云彩

只有漫天飞舞的鸽子

云松在冰冷的石逢中伸出虬枝

在八座佛塔下　一个亡命天涯的人

也学着喇嘛的样子　默念

喔阿啐巴啐那啐　喔　阿啐巴啐那啐

恍若隔世的感觉

二　文成公主庙

懵懂少年读历史课时就已神交的你

十四年前上日月山重温日月铜镜

又一次神往的你。如今　在你高大的

　　　雕像前

静默　叩首　仅怀一种虔诚是远远不够的

离开故乡时　故乡的油菜花还是一片金黄

来到玉树的白纳沟　这里的青稞也是

一片金黄

西出长安　走着走着　飞鸟都已散尽

公主啊　我是一只鹰　一直跟随着你

直到今天在你的庙宇前　在你的雕像下

我五体投地叩长头

仅怀一颗虔诚的心是远远不够的

我想倾诉着什么　但欲言又止

三　嘉那嘛呢石堆

刻满了经文和佛像的嘛呢石

堆积了二十五亿块嘛呢石堆的巨城

千年的风霜撞碎了我姗姗来迟

　　　的脚步

圣婴脐带的血涂满"松吉鑫"

嘛呢石铭刻的硕大的"佛眼"

谁能破解这三百年佛的密码

谁能拥有这盛大器物的嘉那一世

　　　如此宏大的加持力

在兀鹰搏击的长空

佛法曙光的崇高的堤岸

我手持一块嘛呢石

雕磨那佛眼突兀的世界

竟擦亮了石城四周的静寂

四　仁青错毛

姑娘，我无法再用意象和象征来衬托你
的苦痛。

写给一个因脑瘤压迫视神经而导致失明
的十八岁的藏族小女孩仁青错毛。

你的眼睑为何噙满泪水
你稚嫩的脸庞为何常常挂满忧伤
当听到一群雪域天使的到来时
你第一次露出了喜悦之色

你的眸子依然是纯净的
但已看不到周围的世界
如花蕾初绽的芳龄
父母的形象只能留在依稀的记忆里

你的灵魂清澈的汩汩声　在我的心灵
深处　听到你渴望读书的祈盼
泪花含满了我的眼帘
在这个不算迟到的春天里
我们将播撒一颗光明的种子
帮你实现这个不算奢望的梦想

五　天路遇险

过了尕拉尕垭口　越野车在玉树去往囊谦的天路上
像一个失足的舞者
打了几个旋　一头撞向右手陡峭的山坡

当五位雪域天使从破损得像鸡蛋壳
一样的铁皮笼子里爬出来的时候
天空中飘舞的雪花愈发急骤
还好　佛祖并没有拟好召回我们的诏书
因为这片雪域高原还需要我们

那个拾牛粪被牦牛踩断腿的七岁男孩
更尕多吉在等待着我们
两岁脑瘫女孩央杰卓玛在等待着我们
失明的渴望读书的少女仁青错毛在等待
着我们　拍去身上的雪花
换乘藏胞的货车　继续上路

六　尕拉尕垭口

海拔四千四百九十三米
在平原上鸿鹄飞越的高度

尕拉尕垭口　长江源流域与澜沧江源

流域　在此兵分两路

一支欢呼雀跃着滚滚奔向祖国的腹地
另一支撒着丫子像个野孩子冲进了
东南亚椰林　一条河的命运
有时候跟一个人的命运是如此的相似

飞驰的越野车在险峻的山路
玩起了打旋的游戏　车身翻转
四轮空转摩擦着天空

此时　无论峭壁还是悬崖
对于五朵尚在盛开的生命之花来说
生与死都是一种崩溃

七　摩婆寺一夜

今夜　我摒弃阳光　摒弃月光　摒弃星星
今夜　我卸下所有的俗念
只与四周的雪山为伍
只与寺前的一株雪松为伍

没有电　没有水　只有几盏酥油灯
摇曳的火苗　五个人的寺院
一个人的佛　背靠摩婆山
莲花生大师闭关修行的道场

八瓣莲花环伺的摩婆寺

无欲无求　无愿无忧　生下孩子
不管不养的瑜伽师
是山遇到了树　还是树遇到了山
今夜　如果迷失方向
我只向巴丁活佛问路

八　摩婆山

摩婆山似夹在青藏高原浩繁经卷
里的一张扉页　如此低调
白天　经卷打开
除了莲花生大师在此闭关修行
算是值得大书特书的章节

夜晚经卷阖合
如果周围不那么清澈的话
再有一轮冉冉升起的明月
足以照亮山谷中的数点人家

摩婆寺更像扉页中的一枚方块字
它隐蔽在月光不可企及的半山腰的
深处　寺前的雪松已经挂上了春色
只待一声春雷　即可唤醒四周大山中
储藏的千万亿吨的白雪

九　然察大峡谷

至于你通往什么寺院
我已记忆模糊
浑然天成的风景使我三次提醒师傅
车子放慢些　再放慢些

作为峡谷　你称不上峡谷中的白桦
更称不上峡谷中的橡树
但作为一株崖柏或是深山中的野栗树
我依然流连忘返于你斑驳的嶙峋
或是奇花异草的叶片

巍峨的悬崖上
古老的宗郭寺凌空欲飞
萨迦王的灵塔
静静地守护在峡谷的端口
从古至今　端详着每一位过往的路人

十　巴塘草原

这里的水流缓慢而寂静
这里的山峦低调而沉稳
那无数头饮过水的牦牛
那无数头开春受过孕的牦牛

那无数头刚刚被牧女的纤细手指

挤揉过乳房的牦牛

昨夜　梦到我徒步过草原

苍鹰像乌云一样低垂

窥视着我的牦牛

在山冈外的空旷处

飞机起降的轰鸣

止住了苍鹰挟持乌云

发起的一场雷电

今晨　梦被牦牛当做青草嚼碎

十一　玉树巴塘机场

我这个平原上走来的人

只习惯低头行走

像头在巴塘草原只顾低头吃草的牦牛

在巴塘机场的跑道上

飞机呼啸着腾空而起

划破了巴塘草原恒久的寂静

我隔着舷窗遥望远处的雪山

像是美人身上两只高耸的丰乳

巴塘草原的风被我带走

巴塘草原的经幡被我带走
巴塘草原的牦牛被我带走
我不能带走的是草原上这座简陋的
机场　我身在高空
心却留在巴塘河缓缓流淌的静波里

十二　三江源

发源于同一区域
却日夜奔流向不同的方向
有时会有高涨的情绪
突然使河床改道

你散布于雪域高原的各地的孩子
都有一个响亮的名字
如沱沱河　卡日曲　扎曲河
又叫从山岩中流出的河

从四千米的雪线向下俯冲时
仿佛每一片浪花都是一双搏击长空的
雄鹰的翅膀
仿佛河流中的每一条鱼
都能用一双鹰的翅膀　覆盖着河床
一旦离开雪域高原　就再也无法回到故乡

十三　青海湖

初次探访你时　我就思忖着
必须把你安置在这里
以便下次再来时能够找到你

初次探访你时　我带着我的爱人
那时的她年轻漂亮又充满着活力
像湛蓝湛蓝的青海湖水

这次再来时　我很轻易地找到了你
而我的爱人已被我丢失
因此我已是孤身一人

我能带走些什么呢
比如这里的芨芨草
比如那湛蓝湛蓝的青海湖水

哪怕一点点　在我离开你的时候
我也可以把它布满我的天空

十四　高原秃鹫

在三江源的山顶　我看到一只盘旋的
秃鹫　想到天葬台那毛骨悚然的一幕

我真的有点不寒而栗

我把自己装扮成一个稻草人
面对着秃鹫的眼睛　我还想把自己的
眼睛变成闪着雷电的天空

当秃鹫向地面张开俯冲的姿势
我试图把惊恐建立在对秃鹫的威慑之上
此时　一支蚂蚁的驼队
正扛着战利品　庄严地列队走过
在一片平静的高原上浩浩荡荡

它们不会心慌不会头痛没有高原反应
它们更不会惊恐　我想象着我的疆域
正漫越高原的边缘　像我的祖国一样

2016年3月20日草　4月12日修改

长卷

西藏　我的西藏

一

在一生的流程里

从痴迷一个人开始

在一生的旅途中

从追寻一座大山开始

激情在流浪的灰烬中复燃

梦中的马匹在西藏奔腾

所有的文字

不足以纪录你的壮阔与辽远

所有春天里盛产的绿色

不足以掩盖你的容颜

那如月光般的颜色在风中摇曳

那飞檐上的雕塑

那雪花飞舞的帷幔

流淌着红墙上斑斓的树影

花蕊凝固在蜜罐里

海石花

蝴蝶的翅膀在簇拥的格桑花的花瓣
上小憩
从时间到空间我只是一张网
在殿宇与寺院间布满灰色的光

倏而有红衣喇嘛和白色的鸽子
　　翩然而过
在雨和风的边缘轻轻飘落
声音清脆悦耳
钢铁与铜钟在一个夜晚被拆除
未留下一丝痕迹
我在炽热的火焰中无人识得
静享流水缓缓淌过的时光

二

刚刚苏醒的仲巴草原
像我丰盈清靓的新娘
我有伟大的爱在一步一步地漫过
　　山冈
一直延伸到远方高耸的蜿蜒的
　　雪山之上
延伸到那山巅繁育冰川和石头的地方

把花朵交给树枝
把冰川交给大海

把石头交给大山
把蓝天白云和牛羊交给我
让我幻化它们　繁殖它们

或者超越这高处
在秋天光秃秃的树枝上
施展神奇的魔法
让钟声重新敲响
让山尖重新被阳光打亮

全身束缚着青草的溪水
那被乌云覆盖着的上帝的马群
那被牧女揉搓着的荒野的粉嫩的
　　　乳房

我从日喀则走来
我从萨嘎走来
我从火焰中走来
把整个仲巴草原装在黄昏的船上

三

死亡　死亡　不单单是藏羚羊
还有黄羊　岩羊　甚至野驴
它们对人类充满着好奇
人类却用死亡追逐着它们

海
石
花

这些美丽的生灵　就像青稞
从季节的固定的程序中
生长着　成熟着　脱粒着
源源不断地满足着人类的欲望

死亡　死亡　每天都有的死亡
遭受着刀箭或铅弹的虐杀
在荒野的草根下　在雪原的泥泞中
一颗颗生命的灯光在熄灭
一只只饮酒饮血的杯子在举起

空气中弥漫着雪粒和盐粒的气息
在峡谷和河谷间　这里
盛产着牧业和农业
它们各自下沉或升高
就像野驴与汽车赛跑

倔脾气的野驴跑过汽车
总会得意地回眸　并发出比汽车喇叭
高出一百分贝的长鸣

没有浪漫　没有忧郁
只有飞奔的灵魂的运动
没有眼泪　没有忧伤　只有生者和死者
以及自然留下的遗产

四

在冬天　我身体里的风暴
远大于纳木那尼峰的风暴
你这座身披圣甲的天神
倚剑而坐　睥睨众生

你与冈仁波齐结缘
像宇宙中两滴晶莹的水
融化钻石　融化所有灵魂的水

把诸神埋葬在你的脚下
使你成为万山之根和诸神的奥林匹斯
或者成为万水之源和诸神的圣殿

如果花儿还可以再长高一些
那么把更低的花儿交给更深的峡谷吧
把峡谷变成山峰　把山峰赶进峡谷

巨大的冰槽形成天然的佛教万字格
在忙碌的山径
拥来了青稞的儿子　恒河的儿子
以及凤眼菩提金刚菩提的儿子

虔诚叩拜的五体匍匐在漫漫长路

我来到纳木那尼峰的边缘　冈仁波齐的
　　　边缘
啊　在这白银铺就的波峰浪谷的大海
充当一次微不足道的事物

五

河水澄澈明净　水面荡漾的微风
无偿地捐出了过往行人的虔诚
岸边的托林寺有纯洁的喇嘛
他们的身体包含着纯银般的云彩
悠悠似菩根莲瓣

我眼中的靛蓝被无限制地扩大
直到象泉河畔的落日被染成赭黄的
　　　鎏金

幸亏人世有禅音梵唱
幸亏晚霞中的彩砂飘落人间并熄去
　　　人心的浮杂
幸亏远处的雪山如一只硕大无朋的
　　　涅槃的凤凰

当我再一次地向高处仰视
那浩淼的冰川如高原水晶般的城堡
又像是干燥的草叶上的一缕闪耀的

　　光斑

它已脱离尘世亿年之久

在这里大海升起变成一只海鸟飞走

高原沉落如一片飘舞的雪花

那是所有激情迸发后的静默

仿佛圣殿向我缓缓打开了凝重的佛门

里面蕴藏着无比辽阔的波浪

六

圣湖玛旁雍错　细风荡漾

宛若宇宙之沙轻掠灵魂崇高的堤坝

人与鹰的翅膀在高处比翼

在悠悠白云之上展现佛光莲花

风中飘荡的梵音

在湖面层层涟漪中传诵千年

圣湖的涯岸　曾有高僧抚节远眺

万里恒河求法　杖锡孤征天竺

他在传经　伴随着悠扬的钟声

我们倾耳聆听

同一座钟声上的两只鸽子

向着不同的方向飞散

蓝的更蓝　灰的更灰

更蓝的那只变成圣湖玛旁雍错
更灰的变成鬼湖拉昂错
灰色鸽子的羽翼常年阴风四起
人畜难近

高僧的经法传颂千载
只是让我们了悟并分清
拉昂错是只灰鸽子
虽然它曾是圣湖玛旁雍错的兄弟

七

拉萨河谷
一大片一大片的青稞的针芒
全部指向天空
刺痛了飘飞的白云的翅膀

一大片白云突然降落
它们也需要土地的滋养
土地啊土地　天上的白云
也需要你为他疗伤

白玛次仁身背"堆谐"和老阿爸的遗愿
走在田埂上
牛皮船的渡口　牧民弹奏着扎念琴

在等待着"转田节"和"望果节"的到来

花香总在风源处飘荡
飘荡啊飘荡
白玛次仁要去远方
天地更加辽远和空旷

白玛次仁的全新的旅行
在青稞与青稞的田埂
风全部堆积在上面

八

我向往的雪山
从未爬过的雪山
我想在雪山下留个影
连这么小小的不算奢侈的想法
都被雪山前猎猎的高原风吹走

我想在雪山的脚下　那一间小木屋
　　住上一宿
在夕阳西下的时候
看晚霞怎么把雪白的山脊染红

或者在黎明时分看万丈的朝霞
怎么把雪白的山脊照得更亮

　　　　抬得更高
这一点想法算不算奢侈

夜晚　月亮升起来
那远远的高高的忽明忽隐的地方
像木屋前牧场的羊群
离我再远也不过几步之遥

我伸手就能触摸的是雪山上白白的
　　一团雪啊
这短短的几步之遥的雪
竟照亮了我的余生

九

银色的山尖　阳光从上面划过
如此地狂放不羁
野马华丽的身姿飘忽奔放
河中流出一道金色的光芒
催生着青草和寺院的香火

希夏邦马　潋滟的佩枯错
那像蓝冰一样的湖水坚定有力
像一道平铺的瀑布

我在垭口眺望　久久伫立

希望自己成为高原最后一座石林
这样我即可不朽
一生所追求的不朽

其实我只是站在土林的边缘
从象雄王朝的城垣中退却
我徘徊踯躅于自己的灵魂飞升之地
又像是一座飞翔的城池
高原的明月会洗去我所有的沧桑与疲惫

裸露出湖水的山岩透视出天空多余的靛蓝
稀缺的氧气　娇艳的格桑花开
铁的山岭连绵着咸涩的疾风
凌晨　雄伟壮阔的札达土林尚未苏醒

十

绿色是众草之神　丛林之神
蓝色是天空之神　湖水之神
白色是云朵之神　雪山之神

人来到这里只是接受洗礼
记忆中增加些金属的光芒

这里所有的东西我们皆可触摸
包括那低悬的红日和即将笼罩的星空

海石花

晚风从乱石堆中吹来
虫鸣和鸟声从群山的谷壑中飘来

远处的羊群像起伏翻滚的暮云
天空披着五彩的经幡压向五彩斑斓的土地
光明并未远去

尽管经历过冷冽的冬季
尽管经历过漫长而又险恶的黑夜
如果我的血液里依然有爱的燧石
这燧石仍旧能够点亮夜空

在我被白雪灼伤的双目复明之前
下一个黎明正悄然降临
饮一口雪域纯净的圣水
让它和我的灵魂一起
奔流在山涧幽谷的寂静之上

2015年10月14日写
2016年元月26日完稿

图书在版编目（CIP）数据

海石花/刘剑著. －－北京：作家出版社，2016.8
ISBN 978 － 7 － 5063 － 9160 － 3

Ⅰ.①海…　Ⅱ.①刘…　Ⅲ.①诗集－中国－当代
Ⅳ.①I227

中国版本图书馆 CIP 数据核字（2016）第 220919 号

海石花

作　　者：刘　剑
责任编辑：田小爽
装帧设计：回归线视觉传达
出版发行：作家出版社
社　　址：北京农展馆南里 10 号　　　邮　　编：100125
电话传真：86 － 10 － 65930756（出版发行部）
　　　　　86 － 10 － 65004079（总编室）
　　　　　86 － 10 － 65015116（邮购部）
E － mail：zuojia@ zuojia. net. cn
http：//www. haozuojia. com（作家在线）
印　　刷：三河市北燕印装有限公司
成品尺寸：152×230
字　　数：31 千
印　　张：9.5
版　　次：2016 年 10 月第 1 版
印　　次：2016 年 10 月第 1 次印刷
ISBN 978 － 7 － 5063 － 9160 － 3
定　　价：32.00 元